AF453734

Preface du N° Y 5525.

LETTRE D'UN THEOLOGIEN,
Illustre par sa Qualité & par son
Merite, consulté par l'Auteur pour
sçavoir si la Comedie peut estre per-
mise, ou doit estre absolument def-
fenduë.

MONSIEUR,

Je m'étois toûjours deffendu de vous donner par écrit mon sentiment sur la Comédie, & j'avois taché d'éviter ce coup, en vous apportant pour excuse & la delicatesse de la matiere, & le peu de capacité de celuy qui la devoit traiter ; mais je ne puis plus tenir contre l'obstination & l'importunité de vos prieres (si jamais cependant un Amy tel que vous est capable d'importuner) & pour vous guerir de la crainte scrupuleuse où vous estes que vôtre conscience ne soit interessée dans les Ouvrages de vôtre esprit, je passe aujourd'huy par dessus ces deux difficultez, voulant bien m'exposer en vôtre faveur à

A

ne pas répondre à la haute idée que vous avez conceuë de mon peu de merite, & m'engager pour vous tirer de peine, dans une des plus difficiles, mais des plus curieuses Questions qu'un Theologien puisse traiter. En effet, MONSIEUR, plus j'examine les Saints Peres, plus je lis les Theologiens, plus je consulte les Casuistes, & moins je sçay à quoy me déterminer : à peine ay-je trouvé quelque temperâment en faveur de la Comédie dans les Scolastiques, qui presque tous sont d'avis de luy faire grace, que je me sens accablé par un torrent de Passages des Conciles & des Peres, qui depuis le premier jusqu'au dernier, ont tous fulminé contre les spectacles, & ont employé la ferveur de leur zele & la vivacité de leur eloquence pour en donner une si grande horreur aux fidelles, que les consciences foibles & timorées ne veulent pas même qu'il soit permis d'en disputer, & traittent de pernicieux & de relâchez, les Docteurs qui ont l'indulgence de les tolerer. Si je m'abandonne à la rigueur avec les Peres de l'Eglise, & que j'invective contre la Comédie comme contre une des plus pernicieuses inventions du Demon, je ne puis lire nos Theologiens, ces grands hommes si distinguez par leur pieté & par leur doctrine, que je

Le Card. de turre cremata. Regnier de Pise. Jean Viguier. Le Cardinal Cajetan. Armilla. Tabienna. Medina. Sylvester. Comitolus. Megalius. Henriquez. Sanchez. Emmanuel Sa. Scarsella. Bonacina. Diana, &c.

ne me laisse adoucir par la droiture de leur raisonnement, & plus encore par la force de leur autorité. Vous m'avoüerez, M o n- s i e u r, qu'on seroit embarassé à moins, & que ce n'est pas une petite affaire de décider une Question dont les sentimens sont si partagez : Car dites-moy, je vous prie, de quel costé se tourner ? laisserons-nous là les Peres & les Conciles pour suivre le sentiment des Modernes ? Nous croirions, vous & moy, faire un crime, sur tout aprés la décision d'un grand Pape, qui ne veut pas que dans la morale on se ser- *Sancto-* ve d'autres regles que de celles que nous *rum Pa-* ont laissé les Saints Peres. Serons-nous *trum,&c.* obligez de dire que ce qu'il y a eu d'ha- *Alex III.* biles Theologiens, plus recommandables *epist. 19.* encore par la sainteté de leurs mœurs que *Uspal.* par l'éclat de leur science, ou se soient *Episc.* trompez eux-mêmes, ou ayent eu le des- sein de nous tromper ? Cela seroit bien violent : & quand saint Augustin nous a re- *Veneran-* commandé d'avoir de la veneration pour *da quidé,* l'autorité de nos Peres, il n'a pas entendu *&c. lib.* que ce fust aux dépens de ceux qui les au- *2. contra* roient suivis. *Acade-* *mic. cap.* *3.*

Nous aurions bien-tost décidé la Que- stion, si l'Ecriture Sainte s'en expliquoit de quelque maniere que ce pût estre : mais, comme a fort bien remarqué Tertullien, nous n'y trouvons nulle part, que, de même qu'elle deffend, en termes exprés, d'adorer les Idoles, ou de commettre des homicides, des trahisons, & des adulteres, elle commande aussi expressément de n'aller point au Cirque & au Théatre, de ne point voir les combats des Gladiateurs, enfin de n'assister à aucun Spectacle. Lisez & relisez l'Ecriture, vous n'y trouverez point de précepte formel & particulier contre la Comédie. Les Peres assurent qu'on n'y peut pas assister, les Docteurs Scolastiques soûtiennent le contraire. Tâchons donc de nous servir de cette Regle de saint Cyprien, que la raison doit expliquer ce que l'Ecriture à voulu taire, & faisons nos efforts pour concilier les conclusions des Theologiens avec les décisions des Peres de l'Eglise.

Mais parce que c'est quelque chose d'assez delicat, & que le point de la Question consiste à les bien accorder ensemble, je veux bien ne vous rien avancer de moy-même, & vous faire parler en ma place l'incomparable saint Thomas, lequel estant d'un costé un Pere tres-religieux & un tres-saint Docteur de l'Eglise, & de l'autre l'Ange de l'Ecole, le Maistre & le Chef de tous les Theologiens, me paroist tout-à-fait propre pour rassembler les sentimens partagez des uns & des autres, & pour nous tracer le chemin que nous devons suivre sans avoir peur de nous égarer.

Si j'avois à parler à quelque moins habile homme, où bien à quelque faux devot, qui pour se donner des airs de reforme, auroit la temerité de rejetter la doctrine de saint Thomas comme opposée à la Morale des Peres, & peu conforme en quelques endroits aux maximes les plus pures de la Religion; je n'aurois pas de peine à luy fermer la bouche, & à luy apprendre à porter à la doctrine de ce saint Docteur toute la veneration qu'elle merite, & que les Conciles, les Souverains Pontifes, & tous les grands hommes qui l'ont suivi n'ont pu luy refuser. Si vous trouvez jamais quelqu'un de ces Sages à la mode en vôtre chemin, vous n'avez qu'à leur faire lire ce qu'en ont dit les Souverains Pontifes. Urbain V. dans la Bulle qu'il donna à Montefalcone en 1370. pour la Translation des Reliques de ce grand Saint: Clement VIII. dans le Bref *In quo nos Pastoralis*, expedié en 1603. Jean XXII. dans la Bulle de sa Canonisation: Le bien-heureux Pie V. dans la Bulle *Mirabilis Deus*, en 1567. Paul V. dans une qu'il écrivit aux Napolitains en 1605. Tous ces Papes qualifient la Doctrine de saint Thomas, de

Cum sacrum & venerabile corpus. B. Thomæ de Aquino, &c. Cujus Doctrinæ, &c. hic siquidem honor, &c. Idem ibi.

celebre par tout le Monde, dé glorieuſe au nom Chreſtien, & d'avantageuſe à l'Egliſe. L'illuſtre Baronius, dont le témoignage eſt d'un ſi grand poids, dit qu'on ne peut expliquer combien au Concile de Trente la Doctrine de ce grand Docteur receut de loüanges & d'acclamations de la part des Peres & des Theologiens qui y aſſiſterent ; & ſi vous en voulez davantage, je vous renvoye à Jean de ſaint Thomas & à Gonet, Theologiens celebres de l'Ordre de ſaint Dominique, qui vous fourniront une infinité d'approbations pour autoriſer la Doctrine de ſaint Thomas.

Aprés l'avoir ainſi ſuppoſée , ou pour mieux dire , ſolidement établie contre tous ceux qui la voudroient diſputer ; Liſez , je vous prie , avec attention ce que ce grand Docteur enſeigne de la Comédie , dans la Seconde Partie de ſa Somme , où il explique bien des choſes que les perſonnes ſcrupuleuſes devroient ſçavoir pour aſſurer du repos à leur conſcience. Il demande entr'autres ce que l'on doit croire des jeux & des divertiſſemens ? & il ſe répond luy-même que quand ils ſont moderez , non ſeulement il n'y croit point de mal , mais encore qu'il y trouve quelque bien , & cette vertu qu'Ariſtote appelloit *Entrapelie,* (c'eſt une vertu , comme vous ſçavez , qui sçait mettre un juste temperamment dans les plaisirs.) La raison qu'il en apporte est, que l'homme fatigué par des actions serieuses a besoin d'un agréable repos, qu'il ne trouve que dans les jeux; & pour fortifier son sentiment, saint Thomas y joint celuy de saint Augustin, dont il rapporte ces propres paroles : Je veux enfin que vous vous ménagiez, car il est de l'homme sage de relâcher quelquefois son esprit trop appliqué à ses affaires.

Comment, continuë S. Thomas, Comment se fait ce relâchement de l'esprit, si ce n'est par des paroles ou par des actions divertissantes? Ce n'est donc point un mal ny rien d'indigne de l'homme Sage & Vertueux, de ne se point refuser des plaisirs innocens & honnestes. Ce saint Docteur veut même qu'il y ait quelque sorte de peché à ne point prendre de divertissement; Parce, dit-il, que tout ce qui est contre la raison est vicieux ; or il est contre la raison qu'un Homme veüille estre à charge aux autres, qu'il s'oppose à leurs innocens plaisirs, qu'il ne veüille jamais estre de la partie, ny contribuer par ses paroles ou par ses actions à leur divertissement commun. C'est donc avec beaucoup de raison que Seneque a dit à ce sujet, Comportez-vous dans les compagnies avec tant de sagesse

"Volo tandem "sibi par- "cas, &c. Aug. in "2. de "Musica. At ista "remissio "animi, &c. ubi

"Quia omne "quod "est, &c. art. 4.

A iiij

» & de difcretion , que perfonné ne vous
» trouve fâcheux , ou ne vous méprife com-
» me un homme de rien qui ne fçauroit pas
» vivre , car c'eft un vice d'eftre fâcheux à
» tout le monde, & l'on s'attire avec fujet
» le nom de fauvage & de groffier.

De ces paroles de faint Thomas, il vous
eft aifé de juger, MONSIEUR, que fous
le nom de jeux il comprend auffi la Comédie, quand il dit: Que ce relâchement de
l'efprit, qui eft une vertu, fe fait par des
paroles & par des actions divertiffantes.
Qu'y a-t'il de plus propre & de plus particulier à la Comédie qui ne corfifte qu'en
des paroles & en des actions rifibles & in-
genieufes qui font plaifir & qui délaffent
l'efprit ? Je ne penfe pas qu'en tout autre divertiffement on trouve unies enfem-
ble & les paroles & les actions : mais écou-
tez encore un peu ce grand Docteur , il
achevera de vous convaincre par une objection qu'il fe fait à luy - même , & vous
verrez comme il y répond. L'objection eft
forte & delicate , & contient prefque tout
ce qu'on peut dire contre les Comédies &
contre les autres Spectacles.

 Il femble, dit faint Thomas , que les
» Comédiens paffent les bornes du divertif-
» fement, eux qui ne deftinent toute leur
» vie qu'à joüer. Si l'excez du divertiffement

est donc un peché (comme on n'en peut «
douter) les Comédiens sont en estat de pe- «
ché, comme aussi tous ceux qui assistent à «
la Comédie pechent, & ceux qui leur don- «
nent quelque chose sont comme les fau- «
teurs de leur peché, ce qui semble estre «
faux; car nous lisons dans la Vie des Peres «
qu'il fut un jour revelé à saint Paphnuce «
qu'il n'auroit pas dans l'autre vie un plus «
haut degré de gloire qu'un certain Comé- «
dien. «

Si l'objection que se fait saint Thomas
est subtile, sa réponse n'a pas moins de
delicatesse & de solidité. Vous en allez juger par ses propres paroles, ausquelles je
me ferois un scrupule de rien changer,
tant elles sont justes & expressives : je me
contenterois de les pouvoir bien rendre,
& de ne vous rien dérober de leur beauté. Le divertissement, répond cet excel- «*Quod*
lent Docteur, estant donc necessaire pour «*sicut*
la consolation de la vie humaine, on peut «*dictum*
destiner à cette même fin certains emplois « *est, &c*
qui soient permis. Ainsi l'employ des Co- « Ibid.
médiens étably pour donner aux hommes «
une recréation honneste, n'a rien, selon «
moy, qui merite d'estre deffendu, & je «
ne les crois pas en état de peché, pourvéu «
qu'ils n'usent de cette sorte de jeu qu'avec «
moderation, c'est-à-dire qu'ils ne disent «

A v

» ou ne faſſent rien d'illicite ; qu'ils ne mê-
» lent point, comme on dit, le ſacré au pro-
» phané, & qu'ils ne joüent point en un
» temps deffendu. Et quoy que dans la vie
» (ce ſont toûjours les paroles de ſaint Tho-
» mas) ils n'ayent point d'autre employ à
» l'égard des autres hommes, ils en ont tou-
» tefois de fort ſerieux à leur égard, & par
» rapport à Dieu, comme quand ils le prient,
» quand ils reglent leurs paſſions, quand ils
» donnent l'aumône aux pauvres. De là je
» conclus (pourſuit ce grand homme) que
» ceux qui les payent & qui les aſſiſtent avec
» moderation ne pechent point, & qu'ils
» font même une action de juſtice, puiſque
» c'eſt leur donner la récompenſe de leur
» miniſtere : mais ſi quelqu'un diſſipoit tout
» ſon bien aprés eux, ou bien qu'il entretint
» des Comédiens qui joüaſſent d'une ma-
» niere ſcandaleuſe & illicite, je ne doute
» point qu'ils ne pechaſt comme s'il les en-
» tretenoit dans le peché, & c'eſt dans ce
» ſens que ſe verifie cette parole du grand
» ſaint Auguſtin : Que donner ſon bien aux
» Comédiens, c'eſt moins une vertu qu'un
» vice.

Eh bien, MONSIEUR, juſqu'ici ce
ſont les propres paroles de ſaint Thomas :
peut-on mieux répondre qu'il le fait à cette grande Objection ? Et ne vous eſt-il pas

le plus aisé du monde de tirer trois confe-
quence de toute sa Doctrine. La premiere, que sous le nom general de jeux & de
divertissemens il entend aussi la Comédie,
& qu'il l'approuve en même temps, qu'il
trouve de la vertu dans les premiers. La
seconde, qu'il ne faut pas croire en état
de peché les Comédiens qui passent toute
leur vie sur le Theatre, & moins par consequent les Auteurs qui leur donnent des
Pieces à représenter, pourveu que les uns
& les autres s'en acquittent avec moderation & avec prudence, & qu'ils fassent
d'ailleurs des actions serieuses de pieté &
de devotion. La troisiéme enfin, que non
seulement il n'y a point de peché à les assister avec discretion, mais encore que c'est
une action de justice de leur donner, comme on y est obligé, la récompense de leur
employ & de leur travail. Ainsi vous voyez
bien que l'Ange de l'Ecole, & aprés luy
les Theologiens, admettent la Comédie,
& que s'ils en condamne quelque chose
avec les Peres, ce n'en peut estre que
l'excez.

Pour prouver que ce n'est que l'excez
qu'il faut condamner dans tous les jeux
& les plaisirs, & que les Saints Peres n'ont
point eu d'autre intention en se déchaî-
nant contre la Comédie, saint Thomas

A vj

explique ce qu'il entend par *Excez*, & supl
pose comme un principe incontestable:
qu'en tout ce qui peut estre reglé selon la
raison, l'on doit appeller superflu ce qui
passe cette regle, & défectueux ce qui ne
l'égale pas. Or est-il, continuë ce saint
Docteur, que les paroles & les actions divertissantes peuvent estre reglées par la
raison : il s'y trouve donc de l'excez quand
elles ne suivent plus cette regle & qu'elles
sont outrées en elles-mêmes, ou défe-
ctueuses par les circonstances que l'on y
doit apporter. C'est sur ce principe que
nous devons répondre aux autoritez des
Peres de l'Eglise, puisque selon saint Thomas, ils n'invectivent que contre l'excez
de la Comédie, & nous ne ferons rien en
cela qu'à l'exemple de ce grand Docteur,
qui, selon sa coûtume, appliquant à tous
les Peres la réponse qu'il donne à un seul,
répond de cette maniere à S. Chrysostome. Cette bouche d'or de la Gréce avoit dit
que ce n'est pas Dieu qui est l'Auteur des
jeux, mais le Demon, & pour donner de la
force à ce qu'il avoit avancé, il avoit ap-
porté ce passage de l'Ecriture: Le peuple s'assit pour manger & pour boire, & il se leva
pour joüer. Mais S. Thomas veut que ces
paroles du grand Chrysostome s'enten-
dent des jeux excessifs & peu moderez, &

Quod in omni eo quod est dirigibile, art. 3. in corpore.

Il ajoûte que l'excez dans le jeu tient d'une folle joye, appellée par S. Gregoire la fille de la gourmandise & du peché, & que c'eſt en ce ſens qu'il eſt écrit : Que le peuple s'aſ-ſit pour manger & pour boire & qu'il ſe leva pour joüer. C'eſt une réponſe que nous devons donner à tout ce qu'on nous objecte des Saints Peres, avec d'autant plus de raiſon qu'à les examiner ſans préven-tion & à peſer toutes leurs paroles, il eſt ai-ſé de voir que s'ils ſe ſont tant déchaiſnez contre la Comédie, ç'a eſté parce que de leur temps, l'excez en eſtoit criminel & immoderé, & que s'ils l'avoient trouvée, comme elle eſt aujourd'huy conforme aux bonnes mœurs & à la droite raiſon, ils ne l'auroient pas tant décriée, & auroient crû, comme S. Thomas, qu'il n'y avoit point de mal à y aſſiſter, mais c'eſtoit quelque choſe de ſi horrible & de ſi infame que la Comédie, comme on la joüoit du temps de nos peres, qu'il n'y a perſonne à l'heu-re qu'il eſt, (je parle des gens du monde & de ceux encore qui ſont les moins rete-nus) qui ne les condamnaſt comme ont fait les Peres, & ce n'eſt pas une choſe étonnante que ces saints Perſonnages ayent employé toute la force de leur zele con-tre la choſe la plus ſcandaleuſe qui fuſt dans l'Egliſe. N'eſt-ce pas contre l'excez de la Comédie, pat exemple, que se r'écrie Tertullien, lorsqu'il dit : N'allons point au Theatre, qui est une assemblée particulie-re d'impudicité, où l'on n'approuve rien que ce que l'on improuve ailleurs ; de sor-te que ce qu'on y trouve de plus beau est pour l'ordinaire ce qui est de plus vilain & de plus infame, de ce qu'un Comédien, par exemple, y jouë avec les gestes les plus honteux & les plus naturels ; de ce que des femmes oubliant la pudeur de leur sexe, osent faire sur un Theatre, & à la veuë de tout le monde, ce qu'elles au-roient honte de commettre dans leurs mai-sons, où elles ne sont veuës de personne ; de ce qu'on y voit un jeune homme s'y bien former, & souffrir en son corps tou-tes sortes d'abominations, dans l'esperán-ce qu'à son tour il deviendra maistre en cet art épouventable. On y fait paroître jusqu'à des filles perduës, victimes infames de la débauche publique, d'autant plus mi-serables en cela qu'elles sont exposées sur le Theatre à la veuë des femmes qui igno-rent le libertinage. Elles y sont le sujet de l'entretien des jeunes gens : l'on y apprend le lieu de leur prostitution : l'on y compte le gain qu'elles y font ; & l'on y fait leur éloge devant ceux qui ne devroient rien sçavoir de toutes ces choses. Je ne dis rien.

Hoc igitur modo, &c.lib. de spe-ctac. cap. 17.

ajoûte ce Pere, de ce qui doit demeurer «
caché dans les tenebres, de peur d'estre «
coupable de ces crimes par le seul recit «
que j'en ferois. «

Que seroit-ce donc que nous diroit Tertullien, s'il vouloit reveler tous ces mysteres d'iniquité qu'il renferme dans un
éternel oubly, puisque ce qu'il nous en dit
est si impie & si infame ! Mais les autres
Peres ne sont pas si retenus que luy, & ne
font point de difficulté de découvrir tout
ce qu'ils en sçavent. Ne croyez pas que
j'aye envie de vous les rapporter tous : outre que j'aurois plûtost fait de vous citer
toute la Bibliotheque des Peres, ces ma-
tieres delicates traittées hardiment dans
une langue qui souffre tout, ne pourroient
se rendre dans la nôtre sans blesser les oreil-
les tant soit peu chastes, & je me conten-
teray de vous laisser à connoistre ce qu'ils
en ont dit de fort, par ce que je vous choi-
siray dans leurs écrits de plus foible.

Salvien se deffendoit d'en rien dire, par
la peine qu'il auroit euë d'en parler. Qui
pourroit traitter, dit-il, de ces représen-
tations honteuses, de ces paroles deshonnestes, de ces mouvemens lascifs, & im-
pudiques, dont on peut connoître l'é-
normité & le crime par la deffense que ces
choses imposent elles-mêmes de les rapporter ?

« Quis enim « integros « &c. lib. 1. de « gub. « Dei.

Lactance n'est pas si reservé : voici ce qu'il en dit de plus tolerable. Ces mouvemens pleins d'impudence que l'on voit dans la personne des Comédiens, quel autre effet produisent-ils que d'enseigner le mal à la jeunesse? Leurs corps effeminez sous la démarche & sous l'habit de femme représentent les gestes les plus lascifs des plus dissoluës. Et plus bas : Aprés la licence des paroles on en vient à celle des actions : on dépoüille en plein Theatre, à la priere du peuple, des femmes débauchées, &c. Jugez si le reste que dit ce Pere peut estre quelque chose de fort beau.

Saint Cyprien qui a composé, *Expro-fesso*, un Livre des Spectacles, décrit bien au long toutes les infamies qui s'y pratiquoient. On peut lire aussi quelque chose de cette abominable coûtume de paroistre nuds sur le Theatre, dans les Ouvres de saint Chrysostome, de saint Jerôme, & de saint Augustin : le premier ne fait point de difficulté de comparer ceux qui de son temps alloient à la Comédie, de les comparer, dis-je, à David, prenant plaisir à regarder Bethsabée toute nuë dans son bain, & de dire que le Theatre est le rendez-vous de tous les crimes, que tout y est plein d'effronterie, d'abomination & d'impieté. Un Auteur plus moderne nous dé-

Histrio-num quoque, &c. lib. 1. cap. 22.

Præter verbo-rum, &c. lib. 1. de ludis c. 20.

Sed ut ad scænæ, &c. Cyprianus lib. 1. de spectacu-lis. *Delectat in nimiis, &c.* Idem Epist. ad Donatū. Hieron. lib. 1. ad-vers. Jo-vinianū. Aug. 2. de civ. Dei. cap. 26. Chrys. hom. 1. in Psalm. Idem ho. 6. in 2. c. Mathæi.

crivant les spectacles des Anciens, & sur tout leurs Bachanales, fait des peintures si horribles de leurs infamies & de leurs prostitutions publiques, que je ne puis me résoudre à vous les rapporter. Imaginez-vous, MONSIEUR, si ce pouvoit estre de belles choses, puisque l'Infame Helio-gabale en estoit l'Auteur. De peur que vous ne croyez que les Saints Peres exa-gerent, & que la Comédie n'estoit pas autre dans ce temps-là qu'elle est aujour-d'huy, mais que pour en détourner les Fi-deles, les Predicateurs de l'Evangile & les Auteurs Ecclesiastiques, la dépeignoient avec de si affreuses couleurs ; je veux bien que vous ne vous en rapportiez pas seule-ment à ceux-ci, mais que vous consultiez les Auteurs prophanes. Valere Maxime ne vous sera peut-estre pas suspect ; parlant toutefois de cet usage detestable qu'avoient les Romains d'exposer sur le Theatre les corps nuds des filles débauchées, & ceux des jeunes garçons, rapporte de M. P. Caton, qu'assistant un jour à ces specta-cles, & apprenant de Favonius son favory, que par le respect qu'on luy portoit, le peuple avoit honte de demander que les Comédiens parussent nuds sur le Theatre, ce grand homme se retira, pour ne pas empescher par sa présence une chose qui

Quæ sa-cra, &c. Alexan-der ab A-lexandro lib. 6. die-rum ge-nit.

In floral-libus lib. 2.

Epist. 97. estoit passée en coûtume. Seneque rend le même témoignage à Caton, & le louë de n'avoir pas voulu voir nuës ces femmes débauchées ; & je n'ose vous rapporter les paroles de Lampridius, parce qu'elles sont trop peu honnestes, quand il dit que l'Empereur Heliogabale, qui dans une Piece représentoit Venus, se fit voir tout nud sur le Theatre avec une impudence extrême. Mais qu'ay-je affaire de vous rapporter des exemples tirées de l'Histoire Prophane, à vous qui la sçavez à fond : c'est à vous que je m'en rapporte moy-même. N'est-il pas vray, MONSIEUR, que ce qu'on lit des Spectacles des Anciens, est quelque chose d'épouvantable, tant pour le libertinage que pour l'impieté dont ils estoient partagez ? car ne vous imaginez

Blasphemabatur præterea, &c. hom. 6. ad c. 2. Math.

» pas qu'on n'y dist que des ordures. On y » blasphêmoit le Nom de Dieu, dit saint » Chrysostome, & lors que les Comédiens » avoient prononcé quelque blasphême, c'é- » toit alors que l'on y rioit de tout son cœur. C'est ce qui obligea le troisiéme Concile de Carthage à condamner par ce Canon les Comédiens comme blasphémateurs :

A spectaculo, &c. Can. 1.

» Que les Laïques mêmes n'assistent point » aux Spectacles, car il a toûjours esté def- » fendu à tout Chrestien d'aller où il y a des » blasphémateurs.

Aprés des chofes fi criminelles, qui
pourroit ne pas condamner la Comédie,
s'il eſt vray qu'elle fût remplie de tant d'ordures & d'impietez? Il n'eſt pas beſoin d'ê-
tre ſaint Pere pour ſe déchaiſner là-contre,
il ſuffit d'eſtre Chreſtien : je dis trop, il ne
faut qu'avoir un peu d'honneur & de bon
ſens. Car, comme dit juſtement ſaint Cyprien, comment un Chreſtien, auquel il
n'eſt pas même permis de penſer aux vices, pourra-t'il ſouffrir des repréſentations
impures, où aprés avoir perdu la pudeur
on s'enhardit à commettre les plus grands
crimes? Il n'eſt donc beſoin que des lu-
mieres de la raiſon pour condamner de ſi
grands excez. Auſſi liſons-nous dans ſaint
Chryſoſtome, Que certains Barbares ayant
entendu parler de ces jeux de Theatre, &
du plaiſir que prenoient les Romains à les
voir repréſenter, dirent ces paroles dignes
des plus grands Philoſophes (Il faut que
les Romains, quand ils ont inventé ces ſortes de voluptez, ſe ſoient regardez comme des perſonnes qui n'avoient ny femmes
ny enfans :) & on loüe Alcibiades entr'autres choſes, d'avoir fait jetter dans la Mer
un Comédien trop libre, appellé Eupolis,
pour avoir recité en ſa préſence des vers
infames, ajoûtant à ce châtiment ce beau
mot qui perdroit de ſa force s'il eſtoit ren-

" Quid
inter
" hac, &c
" Cypr.
lib. de
" ſpect.
"
"
"

" Barba-
ri qui-
" dem ip-
" ſi, &c.
hom.
" 38. ad
" cap. 11.
Matth.
"
"

du en nôtre langue : *Tu me in Scena sæpe mersisti, & ego te semel in mari.*

Vous voyez bien, MONSIEUR, que tous ces passages des Peres, & mille que je ne vous rapporte pas contre la Comédie, à force de trop prouver contre elle ne prouve rien contre celle d'aujourd'huy. Ce seroit perdre temps que de faire comparaison de l'une à l'autre : Je vous prie seulement de remarquer que bien loin d'affoiblir la doctrine de saint Thomas, tout cela au contraire ne sert qu'à la confirmer ; car ce n'est que contre l'excez de la Comédie que s'arment les Saints Peres, au lieu que si de leurs temps ils l'avoient trouvée dénuée des malheureuses circonstances qui l'accompagnoient, ils auroient esté du sentiment de saint Thomas , & s'ils ne l'avoient pas approuvée, du moins l'auroient-ils jugée indifferente.

J'ay esté bien-aise de vous rapporter toutes ces choses avant que de vous découvrir précisément mon sentiment sur ce sujet ; & sur les principes incontestables que j'ay posez : Je dis que, selon moy, les Comédies de leur nature, & prises en elles-mêmes indépendamment de toute circonstance, bonne ou mauvaise, doivent estre mises au nombre des choses indifferentes. Vous ne vous attendez peut - estre pas,

MONSIEUR, en lisant du premier abord cette proposition, que je vous la veüille prouver par l'autorité des Saints Peres : cependant à la bien examiner, c'est leur propre sentiment, & celuy même de Tertullien & de saint Cyprien, qui sont les deux qui semblent s'estre le plus déchaisnez contre la Comédie. Pour commencer par Tertullien : en même temps qu'il deteste l'horreur & l'infamie des Spectacles, il se fait cette objection. Dieu, dit-il, a étably toutes choses & les a données aux hommes, & par consequent elles sont toutes bonnes, comme le Cirque, les Lions, les Voix &c. Quelles sont donc celles dont il n'est pas permis d'user ? Et ce grand homme répond : Qu'il est vray que toutes choses ont esté instituées de Dieu, mais qu'elles ont esté corrompuës par le Démon : Que le fer, par exemple, est autant l'ouvrage de Dieu que les herbes & que les Anges ; que toutefois Dieu n'a pas fait ces creatures pour servir à l'homicide, au poison & à la magie, quoy que les hommes les y employent par leur malice : & que ce qui rend bien des choses mauvaises, qui de soy seroient indifferentes, c'est la corruption & non pas l'institution. D'où appliquant ce raisonnement aux Spectacles & à la Comédie, il s'ensuit que conside-

"Omnia
sunt à
"Deo,
"&c. lib
de spe
"cap. 20

rée en elle-même, elle n'est pas plus mauvaise que les Anges, les herbes, & le fer, mais que c'est le Démon qui la change, l'altere & la gâte. Vous voyez que Tertullien a mis les Comédies parmy les actions indifferentes, & que ce n'est pas les condamner que d'en reprendre l'excez.

Saint Cyprien en parlant de David qui dansa devant l'Arche au son des flutes, des tambours & des autres instrumens, avoüe que ce n'est point un mal de danser & de chanter; mais il prétend que cela n'excuse point les Chrestiens qui assistent à des danses lascives, & à des chants impurs, qui font retentir les loüanges des Idoles. D'où il vous est facile de juger que ce saint Docteur ne condamne pas absolument les Danses, les Chants, les Opéras & les Comédies, mais seulement les Spectacles qui représentoient les fables en la maniere lascive des Grecs & des Romains, & qui se celebroient en l'honneur des Idoles. C'est aussi le sentiment de S. Bonaventure, qui dit formellement : Que les Spectacles ,, sont bons & permis s'ils sont accompa- ,, gnez des précautions & des circonstances ,, necessaires. Le Bien-heureux Albert le Grand son Maistre luy avoit appris cette Doctrine : & les paroles que je lis à ce sujet dans saint Antonin Archevesque de Florence font trop précifes pour ne pas vous les rapporter. La Profeſſion de Comédien, dit-il, parce qu'elle fert à la recreation de l'homme, qui eſt neceſſaire pour ſa vie, n'eſt pas deffenduë d'elle-même : de là vient qu'il n'eſt pas non plus deffendu de vivre de cet art, &c. Et dans un autre endroit. La Comédie eſt un mélange de paroles & d'actions agréables pour ſon divertiſſement ou pour celuy d'autruy ; ſi l'on n'y meſle rien de deshonneſte, ny d'injurieux à Dieu, où de préjudiciable au prochain, ce jeu eſt un effet de la vertu d'Eutrapelie, car l'eſprit qui eſt fatigué par des ſoins intérieurs, comme le corps l'eſt par les exercices du dehors, a autant beſoin de repos que le corps en a de nourriture. Ce Repos ſe procure par ces ſortes de paroles où d'actions divertiſſantes que l'on appelle Jeux. Se peut-il rien, MONSIEUR, de plus fort en faveur de la Comédie ? cependant c'eſt un grand Saint qui parle : d'où vient donc qu'il ne ſe déchaiſne pas tant que les plus anciens ? C'eſt que la Comédie ſe corrige & ſe perfectionne tous les jours, & j'ay remarqué en liſant les Saints Peres, que plus ils s'approchoient de nous, plus ils s'adouciſſoient à l'égard de la Comédie, parce qu'apparemment la Comédie ſe reformoit, au lieu qu'aux ſie-

"Hiſtrionatus "Ars, "&c. in 3. p. "ſumm. "it. 8. cap. 4. "ſeſſ. 11. "Scenicus ludus, "&c. 2. "p. ſum. cap. 23. "ſeſſ. 1. " " " " " " " " "

Cette remarque eſt de moy, je ne la trouve pas méchante.

eles éloignez ils. déclamoient avec plus de ferveur contre les abominations dont elle estoit accompagnée. Ce n'est pas pour cela que les derniers le cedent en science & en sainteté aux premiers, c'est que la Comédie se change : aussi voyons-nous qu'elle n'est pas deffenduë par le Saint de nos jours, le grand François de Sales Evêque de Genêve, qui peut sans contredit servir de modele à tous les Directeurs dans la conduite des ames à la veritable devotion : & Fontana de Ferrare rapporte dans son Institution que l'illustre saint Charles Borromée permit les Comédies dans son Diocese par une Ordonnance de 1583. à condition neanmoins qu'avant que d'estre représentées elles seroient reveuës & approuvées par son Grand Vicaire, de peur qu'il ne s'y glissast quelque chose de deshonneste. Ce pieux & sçavant Cardinal approuva donc les Comédies modestes, & ne condamna que les deshonnestes & les impies, comme on le voit par le troisiéme Concile qu'il tint à Milan en 1572.

Outre cette foule de témoignages qui sont en ma faveur, je puis encore former une forte preuve tirée des paroles & de la conduite des Saints Peres en general, & vous faire remarquer que ceux qui ont parlé si fortement contre les Comédies, ne l'ont l'ont pas fait avec moins de force contre les jeux de Cartes, de Dez, &c. Ils ont crié contre les banquets & contre les feſtins, contre le luxe & contre les parures, contre les bâtimens ſuperbes, contre la magnificence des maiſons, la richeſſe des emmeublemens, la rareté des peintures, &c. On en trouve des Homelies tout entieres dans ſaint Chryſoſtome : on en voit un détail particulier dans le Pedagogue de ſaint Clement d'Alexandrie : ſaint Auguſtin en parle fort au long dans la pluſpart de ſes Ouvrages, & ſur tout dans la Lettre qu'il écrit à Poſſidonius : ſaint Cyprien cité par le même ſaint Auguſtin, ſaint Gregoire, en un mot tous les Saints Peres ont vivement declamé contre le luxe & contre la richeſſe des habits ; tantoſt intimidant les Chreſtiens par l'exemple du mauvais Riche, tantoſt les menaçant des Anathêmes prononcez par ſaint Paul, & tantoſt les excitant à ſuivre l'exemple du grand Jean Baptiſte, qui par l'auſterité de ſa vie a merité tant de loüanges de la bouche même du Sauveur. On ne fait pas cependant tant les ſcrupuleux ſur ce chapitre que ſur celuy de la Comédie, & l'on ne fait point de difficulté de s'habiller ſelon ſa condition, & de vivre à ſon aiſe, pourvû qu'on le faſſe avec une honneſte mode-

Pedag. lib. 2. & 3.

Ep. 71. ad Poſſid. Doctr. chriſt. l. 2. c. 21. Hom. 6. in Evang

ration : pourquoy donc n'étendrons-nous
pas cet adoucissement aux Spectacles , &
ne dirons-nous pas que comme on appli-
que les reproches des Docteurs de l'Eglise
au luxe, à l'intemperance, à la dissipation
des biens & non pas à leur usage innocent
& moderé, l'on peut aussi interpreter leurs
paroles des Comédies impies & deshonnestes , & non pas de celles où l'on ne trouve rien que de conforme aux regles de la
sagesse & de l'honnesteté ?

„   Pour preuve que l'Ecriture Sainte ne
„ condamne point les Jeux, les Danses & les
„ Spectacles, pris en eux-mêmes & dépoüil-
„ lez des circonstances fâcheuses qui les peu-
„ vent faire condamner (ce sont les propres
„ paroles du Bien-heureux Albert le Grand)
Sumpsit „ Ne lisons-nous pas dans l'Exode que Ma-
ergo, &c. in „ rie sœur d'Aaron dansa au son des tam-
4. dist „ bours , & quelle merita même par cette
16. art. „ action ? Le Roy Prophete ne dit-il pas que
43. „ Benjamin estoit au milieu des jeunes filles
Psal. „ qui joüoient du tambour ? Dieu ne pro-
67. „ met-il pas aux Juifs par la bouche de Je-
Jerem. „ remie qu'aprés leur retour de la Chaldée
31. „ ils danseront & joüeront des tambours ?
„ Les danses & les plaisirs, conclut Albert le
„ Grand, ne sont donc mauvais que par les
„ circonstances criminelles qu'on y ajoûte :
„ & je n'obligerois pas un Penitent à son

abftenir, puifque Dieu non feulement les
permet, mais les promet luy-même. En effet,
oftez l'excés qui fe peut gliffer dans la
Comédie, je ne fçay pas ce qu'il peut y
avoir de mauvais. Car c'eft un tableau où
font reprefentées des hiftoires ou des fables pour divertir, & plus fouvent pour
inftruire les hommes en les divertiffant &
en les délaffant de leurs occupations ferieufes. C'eft un caractere que vous fça-
vez mieux attraper que perfonne ; & l'on
ne peut nier que l'incomparable Efope que
vous m'avez fait l'honneur de m'envoyer,
ne foit d'une grande inftruction pour la
morale, & ne faffe, fi je l'ofe dire, beaucoup plus d'impreffion que n'en feroit les
leçons les plus ferieufes. Je dois luy rendre cette juftice, qu'il n'y a que des gens
peu fçavans ou paffionnez qui luy puiffent
refufer, qu'il eft fait felon toutes les Loix
& la premiere inftitution de la veritable
Comédie, qui ne fut inventée des Grecs
qu'elle reconnoift pour fes Auteurs, que _{Scaliger}
pour reprendre librement les vices des _{de poëti-}
plus grands Seigneurs & pour les en cor- _{ca.}
riger. Je fçay bien que comme elle eftoit
un peu trop hardie, les Atheniens eurent
raifon de luy ofter cette liberté & de l'em-
pefcher de s'attaquer immediatement à
perfonne ; mais on luy permit de s'attacher

B ij

generalement à reprendre les mœurs, &
ce n'a esté que par un abus, dont les
choses mêmes les plus Saintes ne font
pas exemtes, que depuis, au lieu de
les reformer elle a pû contribuer à les cor-
rompre. Je ne trouve donc rien que de
fort bon dans le premier deſſein de la Comedie, où l'on doit peindre le vice avec
les plus noires, mais les plus vives couleurs, pour le faire craindre : où l'on doit
mettre la vertu dans le plus beau jour, &
l'élever par les plus grands Eloges pour la
faire pratiquer. Qu'y a-t'il là-dedans que
de conforme au ſentiment de tous les fidelles & à l'uſage de tous les pays & de
Rome même ? où le Souverain Pontife aſ-
ſiſte quelquefois en perſonne à des Comédies qui ſe repréſentent chez les Religieux
les plus reguliers & les plus auſteres, ou
dans des Colleges pour exercer la jeuneſ-
ſe & la délaſſer en même temps, aprés une
année de fatigues dans l'étude ſerieuſe des
belles Lettres.

Juſqu'ici je ne vois rien de mauvais
dans l'inſtitution de la Comédie. Ah, diſent ſes ennemis, elle n'eſt que trop mau-
vaiſe puiſqu'elle eſt deffenduë. Juſqu'à pre-
ſent je l'avouë, je croyois qu'on deffendiſt
les choſes parce qu'elles eſtoient mauvaiſes, & non pas qu'elles fuſſent mauvaiſes

parce qu'elles estoient deffenduës. Mais il est bon de détruire entierement cette raison, & pour en venir aisément à bout, voyons les autoritez de l'Ecriture Sainte, qui semblent deffendre la Comédie & semblables spectacles, & tâchons de les expliquer, non pas à nôtre fantaisie, mais par les paroles des plus grands Docteurs. Albert le Grand qui a recüeilli tous ces Passages les expliquera luy-même. Le premier qu'il rapporte est de saint Paul, qui semble avoir réduit tous ces jeux à l'impudicité ; car l'Apostre exhortant les hommes à fuïr ce peché, dit ces paroles : Comme quelques-uns d'eux sont tombez dans l'impureté desquels il est écrit : Le Peuple s'assit pour manger & pour boire, & ils se leverent pour se joüer. Le second est de l'Exode, où l'on voit que les danses furent premierement inventées devant les Idoles, & l'on prouve par là qu'elles ont esté instituées par l'idolâtrie pour exciter les hommes à l'impudicité. Le troisiéme est d'Isaïe, qui de la part de Dieu fait de grandes menaces contre ces sortes de jeux. Parce que, dit-il, les filles de Sion se sont élevées, & qu'elles ont marché avec mesure & cadence, &c. Le Seigneur rendra chauve la teste des filles de Sion, &c. Et l'on prétend enfin que saint Paul a renfer-

« Sicut quidã, « &c. 1. « Corint. cap. 10. « « Exodi. 32.

« Pro quod, « &c. « Isai. 3. «

B iij

mé les Spectacles dans ces celebres paro-
„ les : Abstenez-vous de la moindre chose
„ qui ait l'apparence du mal. Mais Albert le
Grand répond à tous ces Passages, que les
danses, &c. qui de soy ne sont pas mau-
„ vaises pouvoient le devenir par les mal-
„ heureuses circonstances dont saint Paul
„ entend parler : Qu'il est faux qu'on ne dan-
„ sast toûjours que devant les Idoles , &
„ qu'on le faisoit en d'autres occasions, té-
„ moin Marie sœur d'Aaron & de Moyse,
„ dont nous venons de parler : Que Dieu par
„ la bouche de son Prophete ne reprend que
„ les gestes infames dont les danses des Juifs
„ estoient accompagnées : & que saint Paul
„ enfin deffend jusqu'à l'apparence du *vray*
„ mal, & non de ce qui ne le devient que
„ par accident & par de mauvaises circon-
„ stances. Ces autoritez de l'Ecriture, dont
on fait tant de bruit, ne prouvent donc
rien, selon Albert le Grand, contre les spectacles.

Mais, me direz-vous, si les Comedies
sont bonnes en elles-mêmes, pourquoy
ceux qui la joüent sont-ils notez d'infamie par le Digeste de Justinien ? Si ce n'é-
toit pas un crime de joüer la Comédie,
on n'auroit pas traité les Comédiens d'infames. Mais souffrez que je vous demande à mon tour, s'il y a peché à un Soldat

qui craint les coups de s'enfuïr du combat,
ou bien si une jeune Veuve qui ne s'ac-
commoderoit pas du Celibat, feroit un
peché mortel de passer en de secondes Nô-
ces avant l'année de son veuvage ? Cependant le même Digeste de Justinien met l'un
& l'autre au nombre des personnes infa-
mes, & mille autres gens dont les actions
ne sont point criminelles. C'est donc une
assez foible consequence que de prouver
la méchanceté d'une action parce qu'elle
est notée d'infamie. S'il estoit vray que
les Comédiens fussent infames pour mon-
ter sur le Théatre & pour joüer la Comédie, je voudrois sçavoir en vertu dequoy
les jeunes gens dans les Colleges, les personnes les plus sages , & quelquefois les
plus qualifiées, les Princes mêmes & les
Rois, les Prestres & les Religieux, qui
tous pour se divertir, & sans scandale, représentent des personnages dans des Comédies, ne sont point infames ; & que les
Comédiens le sont, eux qui ne font pas
autre chose ? Qu'on ne me dise point que
c'est parce que les derniers joüent par in-
terest, & pour en retirer du profit, au lieu
que tous les autres ne le font que pour
leur divertissement ; car cette raison fait pi-
tié. S'il est vray que l'action soit mauvaise
en soy, qu'importe qu'elle se fasse avec

Lege, qui
ait Præ-
tor.
Lege,
Genero.

B iiij

gain ou fans profit ? elle fera toûjours mauvaife : une circonftance de plus , ou de
moins, ne fçauroit rendre bonne une action
effentiellement méchante ; & de même
qu'un parjure, ou un calomniateur, notez
d'infamie par la Loy que vous me citez,
feront toûjours infames, quelque circonftance dont vous les accompagniez, auffi
la Comédie ne peut eftre repréfentée dans
quelque occafion, ou pour quelque motif
que ce foit, fans encourir la tache d'infamie , qui , felon vous, y eft attachée. D'ailleurs pour entendre ce que veulent dire
les Loix, il faut s'en rapporter aux Docteurs qui les ont expliquées. Voicy ce que
le fameux Balde dit fur celle dont il s'agit :
» Les Comédiens qui joüent d'une maniere
» honnefte, ou pour fe divertir , ou pour
» délaffer les autres, & qui ne font rien con-
» tre les bonnes mœurs, ne font point re-
» putez infames. Vous voyez donc bien que
felon ce Commentateur, l'infamie ne tom-
be que fur les Comediens qui joüent d'infames Comédies, & non pas fur ceux qui
n'en repréfentent que d'honneftes.

Comme le temps qui change fait tout
changer avec luy, les gens équitables doivent regarder les chofes dans le temps où
elles font. Il ne faudroit pas remonter bien
haut pour voir que la plus infame de tou-

tes les conditions estoit celle des Caba-
retiers : ils n'estoient receus ny en témoignage, ny même à intenter aucune Action
pour le payement de ce qui leur estoit dû,
tant on craignoit de salir les Tribunaux
en y parlant d'une profession si honteuse ;
cependant ils ont aujourd'huy la qualité
de Marchands de Vin, & travaillent à se
faire incorporer parmy les Marchands que
par distinction on appelle *Honorables Hom-*
mes, & dont on fait les Consuls & les
Eschevins, qui sont les premiers grades de
la Bourgeoisie. Les Medecins mêmes, dont
les Enfans remplissent des places si considerables dans l'Eglise, dans l'Epée & dans la
Robe, n'ont-ils pas esté chassez de Rome comme infames ? Et dans l'élevation où ils sont
reste-t'il le moindre vestige de leur infamie ? Pourquoy donc y en aura-t'il dans
une Profession toute pleine d'esprit ; & qui
est aujourd'huy, par les soins que tant
d'habiles Gens se sont donnez, moins l'E-
cole du Vice que celle de la Vertu ? La
grande Raison, &, pour ainsi dire, l'uni-
que qui a fait autrefois declarer les Comédiens infames, estoit l'infamie qui re-
gnoit dans les Comédies qu'ils représentoient, & celle qu'ils y ajoûtoient eux-mêmes par la maniere honteuse dont ils accompagnoient ces coupables représenta-

tions : Maintenant que cette Raison est anéantie, il est indubitable que ses consequences ne subsistent plus ; & s'il y en a quelques-unes à tirer, c'est, Monsieur, que la Comédie estant devenuë toute honneste, ceux qui la représentent, & qui vivent honnestement d'ailleurs, doivent sans difficulté estre au nombre des honnestes Gens. Ils y sont si bien que la Comédie ne fait point dégenerer la Noblesse. Floridor, dont j'ay oüi parler comme du plus grand Comédien que la France ait eu, estant né Gentilhomme, n'en fut point jugé indigne par la Profession dont il estoit : & dans la recherche que l'on fit de la fausse Noblesse, il fut receu par le Roy & son Conseil à faire preuve de la verité de la sienne, qui par droit hereditaire a passé à sa posterité. L'Academie de Musique, qu'il a plû à sa Majesté d'établir pour diversifier les plaisirs de ses Sujets, n'a-t'elle pas le privilege de conserver la qualité de Nobles à ceux qui ont l'avantage de l'estre ? Y a-t'il des prérogatives pour les uns qui ne soient pas pour les autres ; & si l'on met de la difference entr'eux, tous les Siecles n'ont-ils pas decidé qu'elle doit estre en faveur de la Comédie, puisque du consentement de toutes les Nations, la Poësie est la sœur aisnée de la Musique ? C'est donc une er-

35

seut auffi groffiere que ridicule, de croire les Comédiens moins honneftes gens que d'autres, fuppofé leur conduite auffi exemte de blâme que leur Profeffion.

Des Docteurs, dites-vous, ou du moins qui fe picquent de l'eftre, vous ont montré certains Rituels, qui deffendent aux Confeffeurs d'adminiftrer les Sacremens aux Comédiens, ce qu'ils confirment par plufieurs Conciles. Je répons à cela qu'il eft conftant que ces Rituels & les Canons de ces Conciles n'en veulent qu'aux Comédiens qui joüent des Pieces fcandaleufes, où qui ne les repréfentent pas affez honneftement. Mais vous me ferez plaifir de prier ceux qui vous apportent ces fortes d'argumens, de vous dire la difference qu'ils mettent entre les autres Jeux & les Comédies , car pour les Rituels, les Canons, les Conciles, &c. il n'y en mettent aucune, deffendant également toute forte d'autres Jeux. Je ne finirois point fi je voulois vous rapporter tout ce qu'ils en difent. J'ayme mieux vous renvoyer aux Livres qui en parlent , & vous en citer les endroits. Le Concile des Apoftres, par exemple, excommunie les Fidelles, & fufpend les Ecclefiaftiques qui joüeront aux Jeux de hazard. Celuy d'Éliberis, celuy de Conftantinople ne fe récrient pas moins con-

B vj

Si quis
fidelis,
&c. Con.
Eliberi.
Can. 79.
Trullan.
Syn.
Can 50.

Justin.
novell.
Cod. de
Episc. &
Cleric.
lib. 17.
In Peda-
gogo.

Lib. 3.
cap. 11.

tre tous les Jeux que contre la Comédie,
& j'ay remarqué dans le Second Tome des
Conciles, que dans celuy de Poitiers une
Abbesse fut accusée par ses propres Reli-
gieuses pour avoir joüé aux Dez dans son
Monastere. Les Loix des Empereurs y sont
formelles ; & l'on en trouve non seulement
contre les Clercs qui joüent, mais encore contre ceux qui les regardent joüer, ou
qui s'interessent dans leur jeu. Saint Clement d'Alexandrie donnant des regles pour
les mœurs en bannit entierement les Jeux
de hazard : Saint Cyprien ne peut souffrir
que la même main qui a l'honneur de servir aux Sacrez Mysteres se prostituë jusqu'à
toucher des Cartes & des Dez : & l'on n'a
qu'à feüilleter les Saints Peres & les Auteurs Ecclesiastiques, il n'y a gueres de pa-
ges où l'on ne trouve quelque chose contre les Jeux. Cependant vos Docteurs qui
font sonner si haut les Peres & les Conciles, n'en suivent pas si scrupuleusement
les décisions contre les Jeux. Nous voyons
que ce qu'il y a d'Abbez, de Prestres, d'E-
vesques & d'Ecclesiastiques, ne font point
de difficulté de joüer, & qu'ils prétendent
que toutes ces Censures des Peres de l'E-
glise se doivent entendre de l'excez du
jeu, & non pas de celuy qui est moderé,
sans attache, & seulement pour passer un

peu de temps. Pourquoy donc ne pas dire la même chose de la Comédie, & refuser de justes adoucissemens en sa faveur, puis qu'on en trouve si facilement à l'égard des autres Jeux ? D'ailleurs, quand on demande aux Evesques & aux Prelats ce qu'ils pensent de la Comédie, ils protestent que quand elle est honneste, & qu'il n'y a rien dedans qui blesse les mœurs & le Christianisme, ils ne prétendent point la censurer : & quand ils ne le diroient pas même, on peut le conjecturer de leur conduite, puisque dans les Dioceses où l'on se sert de ces Rituels rigoureux dont nous avons parlé, on ne laisse pas d'y joüer la Comédie, qui y est soufferte & peut-estre approuvée. Si elle estoit mauvaise pourroit-on la tolerer ? L'illustre & sage Prelat qui gouverne avec tant de succez ce grand Diocese, & qui ne laisse rien échapper à ses soins & à son zele, n'employeroit-il pas toute son autorité pour oster cette pierre de scandale du milieu de son troupeau, s'il estoit vray que la Comédie fut scandaleuse ? De la maniere qu'on la jouë à Paris, je n'y vois rien de criminel : Il est vray que je n'en puis porter un jugement bien décisif, puisque je n'y suis jamais allé, & qu'estant Prestre & devant l'exemple aux Fidelles, je ferois autant de scrupule de m'y trouver, que dans aucune autre assemblée de grand monde dont noſtre eſtat nous doit éloigner : mais il y a trois moyens fort aiſez de ſçavoir ce qui s'y paſſe ; & je vous avouë que je me ſuis ſervi de tous les trois. Le premier eſt de s'en informer à des perſonnes de poids & de probité, leſquelles avec l'horreur qu'elles ont du peché, ne laiſſent pas d'aſſiſter à ces ſortes de Spectacles. Le ſecond moyen eſt encore plus ſeur, c'eſt de juger par les Confeſſions des Fidelles du mauvais effet que produiſent les Comédies dans leur cœur ; car il n'eſt point de plus grande accuſation que celle qui vient de la bouche même du coupable. Le troiſiéme enfin, eſt la lecture des Comédies, qui ne nous eſt pas deffenduë comme en pourroit eſtre la repréſentation ; & je proteſte que par aucun de ces Chefs, je n'ay pû trouver dans la Comédie la moindre apparence des excez que les Saints Peres y condamnoient avec tant de raiſon. Mille gens d'une éminente vertu & d'une conſcience fort delicate, pour ne pas dire ſcrupuleuſe, ont eſté obligez de m'avoüer qu'à l'heure qu'il eſt, la Comédie eſt ſi épurée ſur le Theatre François, qu'il n'y a rien que l'oreille la plus chaſte ne pût entendre. Tous les jours à la Cour les Eveſques, les Cardinaux & les

Nonces du Pape, ne font point de difficulté d'y affister ; & il n'y auroit pas moins
d'impudence que de folie, de conclure
que tous ces grands Prelats font des Impies & des Libertins, puifqu'ils autorifent
le crime par leur préfence. C'eft bien plûtoft une marque que la Comédie eft fi pu-
re & fi reguliere, qu'il ne peut y avoir de
honte ny de fcrupule à s'y trouver. J'ay
fait encore quelquefois une refléxion qui
me paroit affez judicieufe en jettant les
yeux fur les Affiches qu'on lit au coin des
ruës, où l'on invite toutes fortes de
perfonnes à venir à la Comédie & aux autres Spectacles qui fe joüent avec Privilege du Roy, & par des Troupes entrete-
nuës par fa Majefté. Quoy, difois-je en
moy même, fi l'on invitoit les gens à quelque mauvaife action, à fe trouver en des
lieux infames, ou bien à manger de la vian-
de les jours qui nous font deffendus, &c.
Il eft conftant que les Magiftrats, bien loin
de permettre la publication de ces fortes
d'Affiches, en puniroient feverement les
Auteurs qui abuferoient de l'autorité d'un
Roy tres-Chreftien & tres-Religieux, pour
inviter les Fidelles à commettre des crimes fi énormes. Il faut donc, concluois-je
aifément, que la Comédie ne foit pas fi
mauvaife, puifque les Magiftrats ne la def-

fendent point, que les Prelats ne s'y op-
posent en aucune maniere, & qu'elle se
jouë avec le Privilege d'un Prince qui gouverne ses Sujets avec tant de sagesse & de
pieté, qui n'a pas dédaigné d'y assister luy-
même, & qui ne voudroit pas par sa présence autoriser un crime dont il seroit plus
coupable que les autres ; puisque, selon
saint Chrysostome, celuy-là ne peche pas
tant qui fait le mal, que celuy qui luy
commande de le faire, ou qui l'autorise
par ses applaudissemens. C'est une marque
assurément que ny l'Eglise, ny la Cour,
n'ont rien reconnu dans les Comédies,
telles qu'on les représente aujourd'huy,
qui puisse empescher en conscience les
Chrestiens d'y assister.

A l'égard des Confessions, je n'ay jamais pû par leur moyen entrevoir cette
prétenduë malignité de la Comédie. Car
si elle estoit la source de tant de crimes,
il s'ensuivroit qu'il n'y auroit que les ri-
ches & ceux qui ont le moyen d'y aller qui
fussent les plus grands pecheurs, & nous
voyons cependant que cela estoit bien égal,
& que les pauvres qui ne sçavent pas ce
que c'est que la Comédie ne tombent pas
moins dans les crimes de colere, de vengeance, d'impureté & d'ambition. J'ayme
donc mieux conclure avec plus de vray-

semblance que ces pechez sont des effets
de la malice ou de la foiblesse humaine,
qui de toutes sortes d'objets indifferem-
ment prennent occasion de pecher.

Quant à la lecture des Pieces que l'on
imprime aprés qu'on les a joüées, je suis
obligé d'avoüer qu'il ne m'en est jamais
tombé aucune sous les mains où j'aye trouvé rien d'indécent ny de deshonneste qui
pût en quelque maniere blesser le Christianisme ou la pureté des mœurs. Le plus
grand mal qu'on y puisse trouver, c'est
que la plûspart des Sujets sont tirez de la
Fable ; & encore quel mal est-ce là ? Ce sont
des Fables dont on peut tirer des morali-
tez fort instructives capables d'inspirer aux
hommes de l'amour pour la vertu & de
l'horreur pour le vice. Ce sont les propres
paroles d'un grand homme, qui soûtient
qu'il est permis de tirer des veritez du sein
des Fables Payennes, & que ce n'est au
plus que recevoir des armes de ses propres
ennemis. Vous voyez par là qu'aucun des
moyens que j'ay pû employer pour découvrir ce qu'il pouvoit y avoir de mauvais dans les Comédies, n'a servi qu'à me
faire connoistre, que de la maniere qu'on
les joüe à Paris elles sont sages, modestes,
& bonnes en quelque maniere.

Salvien de son temps reprochoit aux

Talia
sunt quæ,
&c lib. 6.
de Pro-
vident.

Chrestiens qu'on ne pouvoit se souvenir
de ce qui se disoit aux Comédies, que l'on
ne tombât dans quelque peché d'impureté. Apparemment que ce saint homme
n'en parloit pas par expérience, & qu'il
n'alloit pas aux Spectacles qu'il condamnoit. Il faut donc qu'il se fust servi d'un
des trois moyens dont nous venons de
parler, & qu'il eut reconnu que ces sortes
de Comédies faisoient une si grande impression sur ceux mêmes qui les lisoient,
qu'elles causoient toûjours en eux quelque
desordre. Or est-il qu'en lisant les Comédies d'aujourd'huy, nous ne nous sentons
excitez à rien de contraire à la pudeur,
qu'elles ne sont propres qu'à faire rire, &
incapables de laisser dans l'esprit de ces
idées fâcheuses dont Salvien ne pouvoit
se débarasser : Il faut donc conclure que la
Comédie ne contient rien qu'on ne puisse
reciter, ou lire, sans s'exposer à tomber
dans aucun peché.

Mais permettez moy, MONSIEUR,
de passer les bornes d'une simple Lettre,
& pour ne rien laisser d'irrésolu dans la
Question dont il s'agit, d'examiner les précautions avec lesquelles les Docteurs per-
Ubi sup.
artic. 2.
in cor-
pore.
mettent que l'on aille à la Comédie. Saint
Thomas, saint Bonaventure, saint Antonin, & avant eux tous, Albert le Grand

avoit dit que dans les Jeux il faut prendre garde à trois choses : La premiere & la principale est, que l'on ne cherche pas le plaisir dans des paroles, ou dans des actions deshonnestes, comme on faisoit du temps des Anciens ; Coûtume malheureuse que Ciceron déploroit par ces paroles : Il y a une maniere de se joüer basse, insolente, criminelle & honteuse. La seconde chose à laquelle il faut prendre garde, dit le Docteur Angelique, est, qu'en voulant donner quelque relâche à l'esprit, on ne perde entierement la gravité de l'ame, ce qui faisoit dire à saint Ambroise : Prenons garde qu'en voulant un peu relâcher nostre esprit, nous ne perdions l'harmonie de nostre ame, où les vertus forment un agréable concert. Et la troisiéme condition que l'on demande dans nos Jeux aussi bien que dans toutes les actions de la vie, est qu'ils conviennent à la personne, au temps, au lieu, & qu'ils soient reglez par toutes les autres circonstances qui les peuvent rendre honnestes. Il m'est fort aisé de vous faire voir qu'aucune de ces conditions ne manque à la Comédie, telle qu'elle est aujourd'huy ; aprés quoy, vous devez conclure qu'elle est bonne & entierement permise.

Aprés tout ce que je viens d'avoir l'honneur de vous dire de l'approbation qu'on

"Vnum genus "jocandi "est illiberale, petulãs flagitiosum obscanum.

"Caveamus ne "dum relaxare animum "volumus solvamus omnem harmoni quasi concentum quemdam bonorum operum.

donne aux Comédies , vous ne pouvez pas douter qu'elles ne soient châtiées & exemptes de toute action ou parole deshonneste. Vous m'avez dit vingt fois vous-même, que les Comédiens estoient fort circonspects sur cette matiere, & qu'ils ne vouloient pas souffrir quand ils acceptoient une Piece qu'il y eut rien d'indécent ou de libre , pas même une équivoque , ny la moindre parole sous laquelle on put cacher du poison ; comme de fait on n'en trouve point dans les Comédies qu'on imprime, ce qui prouve de soy que cette premiere condition se garde exactement dans nos Comédies, où l'on ne se sert point de ces paroles deshonnestes ou impies , que l'Apostre saint Paul , & aprés luy S. Chrysostome, nous ordonne de fuïr, lors qu'il nous exhorte, de ne dire ny écouter avec plaisir ces sortes de paroles folles & impudentes, qui bien loin de nous devoir exciter à rire , ont dequoy nous obliger à pleurer.

Quæ nos fugere , &c. hom. 6. in cap. 2. Math.

Il y a des Loix terribles dans ce Royaume contre les Blasphémateurs : on leur perce la langue ; on les condamne même au feu : Entretiendroit-on les Comédiens, & leur donneroit-on des Privileges s'ils étoient Blasphémateurs , Libertins ou Impies ?

Nous avoüons, difent nos Reformateurs, qu'ils n'ofent ouvertement rien dire d'impie, ny faire fur la Scéne les infamies qui s'y commettoient autrefois; mais il refte toûjours quelque chofe de cette premiere corruption déguifée fous de plus beaux noms. Joüe-t'on aujourd'huy une Piece où il n'y ait quelque intrigue d'amour? où les paffions ne foient dans tout leur éclat? & où l'on ne parle d'ambition, de jaloufie, de vengeance & de haine? Ecole dangereufe pour la jeuneffe, qui s'accoûtume avec autant de plaifir à laiffer croître dans fon cœur de veritables paffions, qu'à en voir repréfenter de feintes fur le Theatre! Le premier devoir d'un Chrêtien, ou plûtoft, tout le Chreftien luy-même doit s'appliquer à reprimer fes paffions, & non pas s'expofer à les faire naiftre: & par une fuite neceffaire il n'eft rien de plus pernicieux que ce qui eft capable de les exciter.

Belles paroles pour un Orateur auftere, mais peu folides pour un équitable Theologien! Quelle difference n'y a-t'il point d'une action & d'une parole qui peuvent par hazard exciter les paffions, ou bien qui les excitent en effet?

Les dernieres font abfolument deffenduës & criminelles; & quoy qu'il puiffe arriver que quelqu'un n'en soit point émeu, on est obligé cependant (malgré ce que disent certains Theologiens) de les éviter sous peine de peché mortel, parce que ce n'est que par accident qu'elles ne produisent point leur effet, leur nature estant toûjours d'avoir des suites tres-mauvaises & tres-pernicieuses. Mais pour les premieres , pour ces actions & ces paroles qui peuvent par hazard exciter les passions , il n'y auroit rien de plus outré & de plus injuste que de les condamner. Et comment le pourroit-on faire à moins que de fuir dans les deserts pour les éviter ? On ne peut faire un pas , lire un Livre , entrer dans une Eglise , enfin vivre dans le monde , sans rencontrer mille choses capables d'exciter les passions. Faut-il que parce qu'une femme est belle , elle n'aille jamais à l'Eglise, de peur d'y exciter la passion d'un Libertin ? Que les Grands de la Cour & les Magistrats quittent un éclat qui leur est de bien-seance & peut-estre de necessité , de peur de faire naistre de l'ambition ou du desir pour les richesses ? Qu'on ne porte jamais d'épée , de peur qu'il ne se commette un homicide ? Cela seroit ridicule : & bien que par malheur il arrive un scandale , & qu'on en prenne occasion de pecher, c'est un scandale passif & non pas un scandale actif, (pardonnez-moy ces termes de l'Ecole) c'est une occasion prise & non pas une occasion donnée, qui est la seule qu'on ordonne d'éviter; car pour l'autre il est impossible de s'y opposer, & quelquefois même de la prévoir. Telles sont les paroles de passions dont on se sert dans la Comédie : leur nature n'estant pas de les exciter, malheur à celuy qui s'en sert pour un si mauvais usage.

Toutes les Histoires (sans excepter même l'Histoire Sainte) ne se servent-elles pas de paroles qui expriment les passions, & qui rapportent des actions éclatantes dont elles ont esté la cause. Sera-ce un crime de lire l'Histoire, parce qu'on y peut trouver une occasion de tomber? en aucune maniere; à moins que ce ne fût une Histoire scandaleuse, impie, libertine, qui immanquablement remuë les passions; & pour lors ce n'est plus une *occasion prise*, elle est *donnée*; de même que je n'aurois pas permis, avec les Saints Peres, d'assister aux Comédies de leur temps, parce qu'elles estoient si scandaleuses, qu'elles produisoient toûjours de mauvais effets, & qu'on ne pouvoit même s'en souvenir sans ressentir quelque desordre. Ce n'est pas de ce dernier caractere que sont nos Comédies : car bien que l'on y parle d'amour, de haine, d'ambition, de vengeance, &c. on ne le fait pas pour exciter dans les Auditeurs ces sortes de passions, & on ne les accompagne pas de circonstances assez scandaleuses pour produire infailliblement de mauvais effets dans leur cœur. Mille gens y assistent sans éprouver la moindre émotion dans leur ame, & sans qu'elles fassent plus d'impression sur eux, qu'en fait un Vaisseau en fendant les eaux. J'avouë qu'il se peut trouver des personnes qui sont touchées de semblables choses, eh bien, qu'elles n'y retournent pas. Faut-il (disoit le sage Licurgus) arracher toutes les vignes, parce qu'il se trouve des hommes qui boivent trop de leur vin ? Faut-il aussi faire cesser la Comédie qui sert aux hommes d'un honneste divertissement, parce qu'on y représente des Fables avec bien-seance & modestie, & qu'il se trouve quelqu'un qui ne peut pas les voir sans ressentir en soy les passions qu'on y représente ?

Mais, continuëra-t'on de me dire avec de grands cris, Qu'importe que les Comédies ne nuisent que par accident, n'est-ce pas toûjours nuire ? On deffend bien de lire la Bible en langue vulgaire, de peur que toute Sainte qu'elle est, elle ne soit une occasion de scandale à quelques particuliers : à plus forte raison devroit-on interdire

dire la Comédie, puisqu'elle cause des effets si dangereux sur quelques-uns, quand
même ce ne seroit que par accident.

S'il estoit vray qu'on dust deffendre toutes les choses qui pourroient avoir des suites fâcheuses, on ne devroit pas lire l'E-
criture Sainte (pour me servir du même
exemple que vous apportez:) on ne devroit
pas, dis-je, lire l'Ecriture Sainte, en latin
même, puis qu'elle est la cause innocente
de toutes les heresies, qui, selon saint Jerôme, naissent pour l'ordinaire d'une parole mal entenduë, ou malicieusement ex-
pliquée. Si l'on peut faire un mauvais usage des choses les plus Saintes, telle qu'est
la Bible, à plus forte raison des plus indifferentes & des moins serieuses, telle qu'est
la Comédie; & l'on auroit tort pour cela
de deffendre les unes & les autres, parce
que cette deffense devroit s'étendre sur
toutes choses dont on peut faire un mauvais usage. Passons à la seconde condition
que saint Thomas exige dans les jeux, qui
est de ne pas dissiper l'harmonie de l'ame
par l'excez & la longueur des plaisirs.

Il n'est rien de plus juste ny de plus necessaire que de relâcher un peu l'esprit,
fatigué par des affaires serieuses : sans
cela il succomberoit au travail, & pour se
trop appliquer il ne pourroit plus rien fai-

C

Sumitur ergo relaxatio &c. Caſſianus, coll. 24. c.21.
Arcum „ *non ſě-* „ *perten-* „ *dit A-* *pollo.*
Lib 10. Ethicor. cap.16. lib. 4. cap.8.
Optimi „ *laborŭ* *medicŭ,* „ Pyndar. Odyſſ. 4.

re ; ſemblable, dit un Pere de l'Egliſe, à un arc qui pour eſtre trop bandé ſe rompt, au lieu qu'aprés-avoir-eſté un peu relâché il frappe avec plus de force : ce qui a donné lieu à ce Proverbe, Apollon ne tient pas toûjours ſon arc bandé. Ariſtote en rend la raiſon, lors qu'il dit qu'il eſt impoſſible que l'homme ſubſiſte dans un travail continuel, & qu'il eſt neceſſaire que le repos, les plaiſirs & les jeux ſuccedent à ſes ſoins, à ſes travaux & à ſes veilles ; ce qui a fait dire à un Ancien : Que le repos & la joye eſtoient des Medecins à tous les maux. Cette verité eſt ſi conſtante, tant dans l'exercice des vertus que dans celuy de l'eſprit que les Saints Peres en ont parlé en mêmes termes que les Prophanes. Saint Gregoire de Nazianze, l'homme du monde le plus mortifié & le moins indulgent, ne faiſoit point de difficulté de dire dans Orat. 19. ces Oraiſons éloquentes qui luy attiroient toujours une foule d'Auditeurs, qu'aprés s'eſtre un peu relâché l'eſprit à la Campagne, il revenoit rendre aux Martyrs les honneurs qu'ils meritoient. Je vous ennuirois peut-eſtre ſi je voulois vous rapporter tout ce qu'en diſent les Peres. Mais s'il eſt permis & loüable d'uſer quelquefois de recréations & de divertiſſemens, rien n'eſt plus illicite, ny même plus cri-

minel que d'en joüir toûjours, sans moderation & sans mesure ; d'y avoir une attache desordonnée ; & de ressembler à certaines Gens dont il est parlé dans le Livre
de la Sagesse, qui croyoient que la vie même n'estoit qu'un jeu.

La nature, dit Ciceron, ne nous a pas
fait naistre uniquement pour les jeux &
pour les passe-temps, mais plûtost pour
une vie serieuse & pour des occupations
plus importantes : aussi ne doit-on prendre
du jeu que ce qu'il en faut pour se dé-
lasser l'esprit, sans s'y attacher davantage
que les Chiens d'Egypte aux eaux du Nil,
qu'ils boivent en courant ; & il est bon d'a-
voir toûjours devant les yeux cet avis de
saint Augustin : Souvenez-vous que vous
n'avez pas encore fini tout vostre travail,
& qu'il le faut reprendre : vous ne l'avez
pas quitté pour l'abandonner, mais pour y
mieux travailler dans la suite.

Il est constant que ny ceux qui vont à la
Comédie, ny ceux qui la composent, ny
ceux qui la joüent, ne relâchent point leur
esprit jusqu'à la dissolution de l'harmonie
de l'ame. Car pour les premiers, il leur
est libre d'y aller ou de n'y point aller : on
ne force personne d'y assister contre sa conscience ; & aprés une journée de travail,
ce n'est pas trop qu'une heure ou deux de

Marginal notes:

Æstima-
verunt
esse ludū
vitā no-
strā. c. 18.
"Non ita
genera-
"ti, &c.
"lib. 1.
de Of-
"ficiis.

"Memen-
to pere-
"gisse te,
"&c.
Psalm.
"34.

plaisir & de relâche. Pour les Auteurs &
les Comédiens, dont la Profession paroist
estre un continuel divertissement , ils ne
croyent pas que toute leur vie soit un jeu,
puisqu'ils ont d'autres occupations serieuses dans leur famille ; qu'ils joignent à leur
devoir d'honnestes Gens celuy de veritables Chrestiens ; qu'ils vont à l'Eglise ; qu'ils
frequentent les Sacremens ; occupations
toutes Saintes , & les plus serieuses, ou
plûtost les seules serieuses qu'on puisse
avoir dans la vie ! Je ne leur rends justice
qu'aprés le grand saint Thomas, qui dit
expressément en leur faveur : Que, quoy-
que dans la vie civile ils n'ayent point
d'autre employ, à l'égard des autres hommes, que celuy de joüer, ils en ont toutefois à l'égard de Dieu & par rapport à eux-
mêmes de plus serieux : comme de prier
Dieu, de regler leurs passions, de donner
l'aumône aux pauvres, de s'appliquer à des
œuvres de charité, &c.

Quam-
vis in
rebus
huma-
nis,&c.
D.Th
ubi
sup.

Enfin la troisiéme condition que S. Thomas veut qu'il y ait dans nos jeux, consiste
à prendre garde aux circonstances des
temps , des lieux , & des personnes.

La premiere de ces circonstances est tout-
à-fait gardée dans la Comédie à Paris,& par
toute la France,où l'on ne la joüe qu'à l'heu-
re qu'il faut la joüer. Une des choses con-

tre laquelle les Saints Peres ſegendarmoient le plus, eſtoit le temps auquel on joüioit autrefois la Comédie. Elle duroit tout le jour ; & à peine trouvoit-on un moment pour aller dans les Egliſes. C'eſt ainſi que S. Chryſoſtome ſe plaignoit : Que les Chrê- [« Iſti quī non ſim- « pliciter, « &c. Hom. « 3. de « David & Saül] tiens de ſon temps & de ſon Dioceſe n'al- loient pas ſimplement à la Comédie, mais qu'ils y eſtoient ſi attachez qu'ils demeu- roient des jours entiers à ces infames Spe- ⏑tacles, ſans ſe mettre en peine des Divins Offices, ny d'aller un moment à l'Egliſe ren- dre leur devoir à leur Createur. S. Jean de Damas condamnoit auſſi le même excez en ces termes : Il y a certaines Villes où les ha- [« Civita- tes qua- « dã, &c. « 3. pa- rall. c. « 47.] bitans ſont depuis le matin juſqu'au ſoir à repaiſtre leurs yeux de toutes ſortes de Spe- ⏑tacles, & à entendre, ſans ſe laſſer, des Chanſons deshonneſtes, qui ne peuvent faire naiſtre en leur cœur que de mauvais deſirs. Trouve-t'on rien de pareil dans nos Comedies ? Elles commencent à cinq ou ſix heures, quand l'Office Divin eſt achevé, les Prieres terminées, le Sermon finy ; quand les portes des Egliſes ſont fer- mées, & qu'on a eu aſſez de temps à don- ner à ſes affaires & à ſes exerciçes de de- votion ; Et elles finiſſent à huit heures qui n'eſt pas un temps trop long, mais raiſon- nable, pour ſe divertir, non pas à entendre des Chanſons deshonneſtes, comme on faiſoit autrefois, mais à voir des actions divertiſſantes & tournées avec eſprit; autant pour le profit des hommes que pour leur recréation.

Il eſt vray que l'on joüe en des temps Saints, comme les jours de Feſte & de Dimanche, & pendant tout le Carême, temps conſacré à la penitence, temps de larmes & de douleurs pour les Chreſtiens, ou, pour me ſervir des termes de l'Ecriture, temps où la Muſique doit eſtre importune, & auquel les Spectacles & la Comédie paroiſſent peu propres & devroient ce ſemble, eſtre deffendus. Je répons à cela avec les propres paroles de ſaint Thomas : *Que dans ces ſortes de jeux le penitent doit ſe comporter autrement que les autres, luy qui doit chercher les larmes de la penitence : qu'il peut toutefois en uſer moderement comme d'une honneſte recréation de l'eſprit, ou pour entretenir la ſocieté entre ceux avec qui l'on eſt obligé de vivre.* D'où l'on peut inférer, qu'à la verité les Chreſtiens doivent moins frequenter ces ſortes de Spectacles pendant le Carême, non pas qu'ils ſoient deffendus, mais parce que leur eſtat les oblige à ſe mortifier en ce temps : de plus, que les Comédiens qui joüent tous les jours ne

Muſica in luctu importuna narratio.

In his etiam ludis, &c. D. Th. in 4. diſt 16. quæ 4. art. 2. in corpore.

pechent point, parce qu'estant dévoüez au
public, c'est moins pour leur divertissement qu'ils joüent que pour celuy des autres; & qu'ils peuvent joüer tous les jours,
parce que tous les jours il se peut trouver
des particuliers qui veulent prendre une
recreation moderée.

A l'égard des Dimanches, remarquez,
je vous prie, que bien que les Saints Jours
nous ayent esté donnez pour les sanctifier
& pour vacquer plus particulierement
qu'aux autres au service de Dieu, ils ont
encore esté instituez pour prendre du repos, afin qu'à l'exemple de Dieu même qui
se reposa le septiéme jour aprés le grand
ouvrage de la Creation du Monde, nous
puissions aussi nous reposer en quelque maniere aprés avoir travaillé durant la semai-
ne. Or est-il que, selon S. Thomas, les jeux
honnestes sont permis ce jour-là même pour
soulager l'esprit & luy donner du repos,
qui n'est autre chose, comme ajoûte le même Pere, que le plaisir qu'on prend à ces
sortes de jeux : il s'ensuit donc par une consequence necessaire que la Comédie estant
du nombre des plaisirs honnestes, comme
nous l'avons assez proüvé, elle ne doit pas
estre plus deffenduë le Dimanche, que les
plaisirs qui en tel jour ne sont pas deffendus ; sur tout puisqu'elle ne se joüe que

dans un temps propre, & que, grace au zele 'des Evêques, à la vigilance des Pasteurs,
à la pieté du Prince, & à la devotion des
Fidelles, les Théatres ne s'ouvrent qu'a-
présque les Eglises sont fermées, & qu'on
ne peut plus abandonner les saints Mysteres pour courir aux Spectacles : d'où je
conclus que ce n'est point un peché d'aller
le Dimanche à la Comédie.

Pour ce qui regarde la circonstance des
lieux, je trouve que jadis on représentoit
des Jeux de Théatre dans des Eglises mêmes, où l'on faisoit paroistre des figures
épouvantables sous des masques. On ne
peut nier que ces sortes de festes ne blef-
fassent assurément la pureté des lieux consacrez à la sainteté même. Il estoit beau de
voir les Prestres, les Diacres & les Mini-
stres des Autels représenter des personnages, à quoy je ne puis donner d'autres
noms que ridicules, en l'honneur de saint
Estienne, de saint Jean, ou des saints Innocens ! Ce desordre donna lieu à un De-
cret du Saint Siege, qui deffendoit aux
Prestres, Diacres, &c. de se plus èmanci-
per à représenter ces moméries, & à soüiller
la majesté des Saints Lieux par une coûtume si infame, à laquelle il ne fait point de
difficulté de donner le nom d'horrible Prostitution. On ne contrevient point en

France aux Canons qui deffendent de dreſ-
ſer des Théatres dans les Egliſes, & l'on
auroit horreur de joüer des Comédies dans
ces Lieux Saints : on a des Théatres publics
propres à cet uſage ; & la circonſtance des
lieux y eſt gardée, auſſi bien que celle des
perſonnes.

Les Acteurs qui les joüent ne ſont
point des perſonnes conſacrées ny voüées
au Seigneur, ce qui feroit indécent je l'a-
voüë, & ſi cela eſtoit je le condamnerois
abſolument & ſans reſtriction ; car, comme diſoit S. Bernard : Les bagatelles dans «
la bouche d'un Seculier ne ſont que des «
bagatelles, mais dans celle d'un Preſtre ou «
d'un Religieux , ce ſont des blaſphêmes. «
Ceux donc qui joüent la Comédie ſont
d'honneſtes Gens qui ſe ſont deſtinez à cet
employ, & qui s'en acquittent ſans ſcanda-
le & avec toute ſorte de bienſéance , à
moins que parmy eux il ne s'en trouve de
malhonnêtes, de même qu'en toute autre
Profeſſion ; alors leur malice naiſt de leur
propre corruption , & non pas de leur état
ny de la Profeſſion dont ils ſe meſlent ,
puiſque tous ne leur reſſemblent pas. J'en
ay confeſſé & connu aſſez particulierement,
qui hors du Théatre & dans leur famille,
menoient la vie du monde la plus exem-
plaire : & vous m'avez dit vous-même que

tous en general prenoient sur la Masse de leur gain dequoy faire des Aumosnes considerables, dont les Magistrats & les Superieurs des Convents pourroient rendre de bons témoignages. Je doute qu'on puisse dire la même chose des personnes zelées qui parlent si haut contre eux.

A l'égard de ceux qui vont à la Comédie, il y en a quelques-uns qu'il seroit indécent & scandaleux d'y voir assister, comme sont les Religieux, & sur tout les plus Reformez ; & je vous avouë que j'aurois de la peine à les sauver de peché mortel, aussi bien que les Evêques, les Abbez, & tous les gens constituez en dignité Ecclesiastique : non pas qu'ils assistassent à des Spectacles mauvais, mais parce qu'estant consacrez à Dieu, ils doivent se priver des divertissemens du siecle ; outre que leur presence en ces sortes de lieux pourroit causer du scandale, & que pour me servir des paroles de saint Augustin, ils doivent méprifer tous les vains amusemens du monde pour ne se nourrir l'esprit que de la lecture & de la meditation des Saintes Lettres. Je ne trouverois pas qu'il y eût moins de mal pour eux que s'ils joüoient à la paume, aux cartes, aux dez, jeux qui sont contre la bien-séance de leur état, quoy que pour les Seculiers ils ne soient pas criminels. J'en excepte les Comédies qui fe joüent en certains Païs, comme à Rome, à Venife, & dans toute l'Italie, où il eft fi ordinaire de voir des Religieux af-fifter aux Spectacles, que cela eft paffé en coûtume, & qu'il n'y a plus de fcandale à donner ny à recevoir : de mefme qu'il n'y a point de mal pour eux de fe trouver aux Comédies qui fe joüent dans les Maifons Religieufes, ou dans les Colleges pour exercer la jeuneffe, puifque c'eft auffi un ufage d'y voir fans fcandale les Religieux des Ordres les plus aufteres.

Voilà, MONSIEUR, ce que fans trahir la verité, & fans croire bleffer ma confcience, je puis vous répondre pour mettre la vôtre dans un plein repos. Tant qu'on ne donnera au public que des Comedies comme celles que vous m'avez fait l'honneur de foûmettre à mon jugement, il n'y aura ny crime à les faire, ny crime à les repréfenter, ny crime à les voir, avec la moderation & les autres circonftances que nous avons remarquées. Ce feroit ici l'endroit de vous dire ce que je penfe de vos Ouvrages ; & vous jugez bien que je ne vous en pourrois rien dire qui ne fût à vôtre gloire : mais vous m'avez prié de vous donner des Inftructions touchant la conduite de vôtre ame , &

non des Eloges ſur la beauté de vôtre ge-
nie ; & vous me rendez aſſez de juſtice
pour croire qu'un Theologien n'eſt pas
obligé d'eſtre bel Eſprit.

A tout hazard pourtant je vais m'éman-
ciper à vous dire qu'il y a peu d'hommes dans le Monde qui écrivent de tant
de manieres differentes , & avec tant de
ſuccez que vous. Nous avons vû des Gé-
nies excellens dans le Sérieux , qui , pour
ainſi dire, n'eſtoient bons à autre choſe ;
d'autres merveilleux pour le Comique, qui
ne pouvoient faire une Scene Serieuſe :
mais vous paſſez du Serieux au Comique,
du Comique à la Morale , de la Morale à
la Poëſie Lyrique ſans eſtre étranger en
aucun endroit ; & dans quelque genre que
vous écriviez , c'eſt toûjours celuy qui vous
eſt propre. Ce qui me ſurprend , & qui
paroiſt incroyable à tout le monde , c'eſt
que vous faſſiez de ſi beaux vers , & que
vous poſſediez la Langue Françoiſe dans
ſa plus exacte pureté , ſans avoir aucune
connoiſſance de la Latine : ce qui ſeroit un
malheur dans un autre , eſt ce que je trouve de plus heureux en vous : on ne peut
vous reprocher que vôtre travail ſoit celuy d'un autre ; & je ne ſçay rien de plus
avantageux pour vous que d'écrire auſſi
bien que les Grecs & que les Latins, ſans jamais

mais avoir esté à l'emprunt chez eux.

Il est temps de finir une Lettre à laquelle je devrois plûtost donner le nom de Livre entier. Elle est si longue que je tremble que vous ne me reprochiez avec un bel Esprit de ce Siecle, que je n'ay eu ny le temps ny l'esprit de la rendre plus courte : mais souffrez, MONSIEUR, que je vous réponde avec un Ancien, que ce n'est pas ma Lettre qui est excessive, mais la matiere que je traite qui n'a point de bornes. Je n'ay dit que ce que j'ay crû absolument necessaire pour vous satisfaire sur vos doutes, & pour vous découvrir mon sentiment sur la Comédie, & sur les autres Spectacles de la sorte. Ce n'est point mon sentiment ny ma doctrine particuliere ; mais la doctrine & le sentiment des Saints Peres, que j'ay lûs & relûs, & dont j'ay tiré ce qu'il pouvoit y avoir de favorable ou de contraire aux Spectacles. D'autres que vous me feront peut-estre un crime d'avoir suivi l'opinion la plus favorable, & m'appelleront Casuiste relâché, parce qu'aujourd'huy c'est la mode d'enseigner une Morale austere & de ne la pas pratiquer : mais je vous jure, MONSIEUR, que je ne me suis point arresté à la rigueur ou à la dou-

Plin. lib. 5. epist.

«Doctri
na mea
«non est
mea.

D

ceur de l'opinion , mais uniquement à la verité ; souhaitant de tout mon cœur suivre la Regle que nous donne saint Benoist, „ De former nos actions sur les opinions „ les plus severes, & nôtre doctrine selon „ les plus favorables. Je suis, MONSIEUR, &c.

Actiones vestras, &c. apud Calamuel Theol. funda. N. 542.

Fautes d'Impression.

Il s'est glissé des fautes dans l'impression de ces Pieces de Theatre, que le Lecteur habile aura la bonté de ne pas imputer à l'Auteur. Dans la Tragedie de Marie Stuart il y a un vers oublié. C'est à la Page 6. où le Comte de Neucastel aprés avoir dit,

Oüi, Seigneur je le suis ; Et c'est par vôtre choix

doit ajoûter ,

Que la Mer Britânique obéït à mes loix.

L'intelligence du Lecteur suppléra aisément à toutes les autres.

www.ingramcontent.com/pod-product-compliance
Lightning Source LLC
LaVergne TN
LVHW021800170726
843503LV00007B/2933